# GUÍA DE LECTURA

**Escrita por Gabrielle Yriarte**
**Traducida por Marina Martín Serra**

# Erec y Enide

## de Chrétien de Troyes

# Entiende fácilmente la literatura con

# Resumen Express.com

www.resumenexpress.com

# CHRÉTIEN DE TROYES 1

Poeta francés

# EREC Y ENIDE 2

Entre caballería y amor

# RESUMEN 3

# ESTUDIO DE LOS PERSONAJES 8

Erec

Enide

La corte del rey Arturo

# CLAVES DE LECTURA 11

Amor y caballería

«Una espléndida estructura»

Una escritura original

Los elementos de misterio

# PISTAS PARA LA REFLEXIÓN 17

Algunas preguntas para profundizar en su reflexión...

# PARA IR MÁS ALLÁ 18

# CHRÉTIEN DE TROYES

## POETA FRANCÉS

- **Nacido c. 1135**
- **Fallecido c. 1183**
- **Algunas de sus obras:**
  - *Erec y Enide* (c. 1170), novela
  - *Lancelot, el caballero de la carreta* (c. 1177-1181), novela
  - *Perceval o El cuento del Grial* (antes de 1190), novela

Chrétien de Troyes nace en el siglo XII, sigue una formación de clérigo y se pone al servicio de la condesa María de Champaña antes de pasarse al del conde de Flandes, Felipe de Alsacia. Con el paso del tiempo, se convierte en una de las figuras más importantes de la literatura medieval.

De Troyes adapta algunos mitos de Ovidio y compone dos canciones cortesanas. Además, destaca como autor de novelas: *Erec y Enide* (c. 1170), *Cligès* (c. 1176), *Yvain, el Caballero del León*, (c. 1177), *Lancelot, el caballero de la carreta* (c. 1177-1181), *Perceval o El cuento del Grial* (antes de 1190, inacabada). La implantación de estas obras en el universo de los caballeros del rey Arturo comportará un gran éxito y contribuirá a legitimar este género que hasta entonces se había explotado poco.

# EREC Y ENIDE

## ENTRE CABALLERÍA Y AMOR

- **Género:** novela
- **Edición de referencia:** Redoli, Ricardo, Miguel Ángel García, Manuel Marcos y Ángeles García. 2007. *Érec et Énide de Chrétien de Troyes. Edición crítica, estudio y traducción.* Almería: Editorial Universidad de Almería
- **Primera edición:** *c.* 1170
- **Temáticas:** amor, caballería, aventura, viaje, valentía, honor, magia

Erec y Enide es la primera novela que se conoce de Chrétien de Troyes, quien la escribió a partir de relatos de la tradición celta. Reflexiona sobre el mito de Tristán e Isolda, mostrando el peligro de la pareja y la importancia del honor y del reconocimiento social.

Cuenta de qué manera Erec, tras haber conquistado a Enide y haberse casado con ella, atraviesa una crisis conyugal cuando esta le reprocha que descuide la caballería en favor de su amor. Entonces, Erec parte en busca de aventuras con ella para demostrar su valentía. Finalmente, tras haberse reconciliado con su esposa y haber superado una última prueba pública, se entera de la muerte de su padre. Arturo corona reyes a los esposos.

# RESUMEN

En su *Prólogo*, el autor se distingue de los otros narradores de la historia de Erec y Enide con su pretensión por «narrar correctamente», «ilustrar» y conseguir una «espléndida estructura» (Redoli *et al.* 2007, v. 14).

El relato se abre con una cacería del ciervo blanco organizada por Arturo. Tras este acontecimiento, el rey besará a la mujer más bella. Erec, que es un caballero excelente, acompaña a la reina. El enano de un caballero desconocido lo golpea (al igual que a la sirvienta de la reina), por lo que tiene que perseguirlo para vengar a la reina. Ginebra convence a Arturo para que posponga el beso hasta el retorno de Erec, lo que muestra el reconocimiento que le brinda.

En Laluth, un valvasor pobre (vasallo de un señor que a su vez es vasallo) hospeda a Erec. La hija del valvasor, una obra maestra de la naturaleza, no está casada. Al día siguiente, en el mismo sitio, tiene lugar una prueba llamada «del gavilán»: este pájaro es el premio que se le otorgará a la mujer cuyo caballero habrá defendido con las armas el título de la mujer más bella. Erec desafía al caballero desconocido declarando que la hija de su anfitrión es más bella que la suya. El otro se lo disputa en un combate encarnizado en el que Erec obtiene la victoria. Entonces, la hija del valvasor gana el premio e Ydier, el vencido, ante la petición de Erec, promete que se entregará como prisionero a la reina y que le anunciará que Erec vuelve acompañado por una mujer con cualidades incomparables. Así pues, Ydier se presenta en Cardigán y transmite el mensaje a la reina Ginebra. Esta lo recibe y le concede su libertad, con la condición de que sirva al rey.

En Laluth, todos celebran la victoria de los enamorados, que parecen hechos el uno para el otro. Erec quiere presentar su mujer a la reina en sus hábitos miserables, para que solamente esta se encargue de ataviarla. Su llegada provoca mucha alegría en la corte. Tras haber equipado suntuosamente a Enide, Ginebra la lleva ante el rey y los caballeros de la Tabla Redonda. Arturo, finalmente, le da el beso esperado.

Entonces, Erec envía regalos al valvasor y le pide a Arturo que celebre el casamiento en su corte. Este acepta y procede a las invitaciones.

El nombre de la joven no se desvela hasta el momento de la ceremonia: se llama Enide. Tras una fastuosa celebración, la noche de bodas acabará de completar la felicidad que sienten los recién casados. Los festejos terminan un mes después, mediante un torneo en el que Erec destaca por su actuación. Entonces, consigue poder volver al reino de su padre con Enide, donde son bien recibidos. Sin embargo, Erec está tan enamorado que descuida sus deberes de caballero. Los rumores al respecto no tardan en correr y la misma Enide expresa ante él el dolor que le provoca ver cómo descuida la vida caballeresca, con una palabra que, apenas ha salido de su boca, se arrepiente de haber pronunciado: Erec, para demostrarle que es un buen caballero, se prepara para ir con ella en busca de aventuras, sin escolta, para gran disgusto de su padre. Además, le prohíbe a Enide que le dirija la palabra.

El primer día de su aventura, se encuentran primero con tres bandidos, a los que Erec vence con facilidad. A continuación, sufren el ataque de cinco más, pero Erec vuelve a derrotarlos sin problemas. Por su parte, Enide ve cómo su esposo le reprocha el hecho de haberle hablado. Finalmente, pasan la noche en la landa.

Al día siguiente, se encuentran con el escudero del conde Galoain, que les ofrece comida y les busca alojamiento. El conde, sin embargo, ha sido alertado de su presencia, e intenta seducir a Enide, con la intención de quitar a Erec de en medio matándolo. La joven finge aceptar el coqueteo y avisa a su marido, que no cae en la trampa. El conde se lanza a la persecución de Erec pero más tarde se arrepiente, ya que es derrotado.

Más adelante, Erec libra un duro combate contra Guivrete el Pequeño. Cuando este termina, ambos se vuelven amigos. Durante estas pruebas, Enide, a pesar de la prohibición, no puede evitar dirigir la palabra a Erec para avisarle de los peligros que corre. El hombre se lo reprocha.

Keu, el arrogante senescal de Arturo, se cruza entonces en su camino, ofreciéndoles insistentemente que se alojen en el campamento de la corte. Erec rechaza su propuesta, escondiendo su identidad. A continuación, se encuentra con Gauvain, que resulta ser más persuasivo. Así, Erec pasa la noche en la tienda de Arturo, que hace que le curen las heridas.

Al día siguiente, se encuentra con una joven desesperada, puesto que dos gigantes han raptado a su caballero. Erec los mata liberando así al caballero, y luego vuelve hacia donde está Enide, a la que había abandonado. Está al límite de sus fuerzas, y se desmaya. Enide cree que está muerto y grita con desesperación. Un conde oye sus lamentos y quiere casarse con ella a la fuerza: se lleva el cuerpo de Erec y a su mujer a su castillo, y hace que se celebre la boda. Sin embargo, Erec vuelve en sí, rescata a Enide, mata al conde y hace huir a sus hombres. A continuación, reconforta a su amada: es el fin de su castigo. Sin embargo, Guivrete, que cree que Erec está muerto, se dirige hacia el castillo y ambos caballeros luchan sin reconocerse. Cuando se dan cuenta del malentendido, Guivrete lleva a su amigo a un castillo, donde sus hermanas lo curan. La armonía se instala entre los esposos.

Erec, recuperado, desea reunirse con Arturo, y Guivrete lo acompañará. Enide recibe un palafrén. En Brandigan, Erec descubre que existe un maleficio y una prueba temible, la «Alegría de la Corte», a la que desea enfrentarse. Le recibe el rey Evraín, y descubre que nadie ha salido con vida de la aventura, y que lo único que tiene de alegre es el nombre, pero no se echa atrás. Por la mañana, con sus compañeros, se dirige al vergel encantado. Se le muestra una fila de estacas con cabezas de caballeros clavadas, así como una estaca sin cabeza, donde se ha enganchado un cuerno que parece que le esté esperando. Se queda solo, y divisa a una joven. Cuando se acerca a ella, un caballero gigante surge para empezar un combate terrible, que termina con la victoria de Erec. Descubre que este caballero, Mabonagrín, le había prometido a su mujer (una prima de Enide) que se quedaría con ella hasta el día en el que fuera derrotado. Al vencerlo, Erec termina con el hechizo, con lo que trae la alegría al reino. La amiga de Mabonagrín, la única que no se alegra, se consuela al encontrar a su prima, con la que charla y se cuentan sus historias.

Tras estos acontecimientos, los héroes se dirigen a la corte, donde Erec relata sus aventuras y acepta quedarse algunas semanas. Al principio de su estancia, se entera de la muerte de su padre, y pide a Arturo que le corone en Nantes.

Se llevan a cabo celebraciones suntuosas, a las que toda la nobleza está invitada, sin olvidar la familia de Enide. La magnificencia del lugar y de los objetos se describe detalladamente. Erec y Enide son coronados como es debido. La felicidad es total.

# ESTUDIO DE LOS PERSONAJES

## EREC

Erec ya existía antes de la novela, ya que Chrétien solamente reescribe la historia del héroe. Hijo del rey Lac, este joven es uno de los mejores caballeros de la Tabla Redonda, así como uno de los más queridos y más atractivos. Su valor al combatir y sus cualidades caballerescas solamente se pueden igualar con la cortesía que demuestra con la reina y con su querida.

La trayectoria de caballero que sigue Erec es perfecta pero, tan pronto como se casa con Enide, descuida sus deberes caballerescos. Entonces, se enfrenta a una crisis conyugal que le empuja a ir en busca de aventuras. No hay ninguna que le parezca lo suficientemente peligrosa como para saciar su sed de reconocimiento y calmar su dolor por el hecho de haber decepcionado a Enide.

Con respecto a esta última, tan pronto es tierno como hosco y duro. La pasión le domina, por lo que tiene que recurrir a la caballería y al ejercicio del poder para compensar su amor. En la segunda parte de la novela, se exalta su poder físico, así como su valentía, durante innumerables pruebas que logra superar.

Erec es un héroe tristaniano positivo. Supera el peligro que representa un amor apasionado para el equilibro político, individual y conyugal, y reconoce la importancia de los valores caballerescos. El autor profundizará su reflexión sobre el tema en *Yvain, el Caballero del León*, donde Yvain se comporta de forma contraria a Erec, descuidando a su mujer para dedicarse a la caballería.

## ENIDE

Enide es la amiga y la mujer de Erec. La revelación de su nombre a Erec y los otros personajes de la novela se retrasa hasta el verso 2027. El lector, sin embargo, está al corriente de cómo se llama la mujer desde el principio, gracias al título de la obra.

En primer lugar, se nos presenta como «la hija del valvasor». Así, el lector percibe de inmediato que procede de un rango social modesto. Por tanto, lo que distingue a la mujer, que está vestida con una túnica agujereada, no es ni la nobleza de sangre ni la riqueza, sino su inmensa belleza, su sabiduría notable y su profunda generosidad. Su belleza se ajusta a los cánones estéticos medievales: tez blanca, cabellera dorada y labios de color bermejo. Chrétien de Troyes la compara con Isolda, pero le confiere ventaja a Enide: revela a menudo su sabiduría y, además, demuestra que le da mucha importancia al honor, mediante la palabra que se arrepiente de haber pronunciado. Asimismo, su comportamiento con el conde que la quiere seducir revela su inteligencia práctica y su lealtad.

Del mismo modo que Erec no es un Tristán, Enide no es una Isolda. La mujer se comporta como una esposa responsable y como una dama virtuosa. Encarna la importancia y la influencia decisiva de las reinas y de las esposas de los reyes.

# LA CORTE DEL REY ARTURO

En *Erec y Enide* se menciona a Arturo, Ginebra, Gauvain, Keu, Lancelote, Yvain, Tristán y a un centenar de otros caballeros. Al igual que Erec, los lectores de Chrétien de Troyes les conocen, puesto que ya aparecían en las leyendas celtas y en el *Roman de Brut* (1155, adaptación de la *Historia regum Britanniae* —1136— de Geoffrey de Monmouth, inventor de la «Tabla Redonda») de Wace (poeta anglonormando, 1100-1175). Arturo, figura semilegendaria, es un rey celta que en otro tiempo habría acabado con los encantamientos y que, con la ayuda de valientes caballeros, hace reinar la justicia cristiana en su reino.

En *Erec y Enide* abundan las referencias al mundo artúrico. La Tabla Redonda se evoca a partir del episodio de la caza. Se invita a un gran número de caballeros a la boda de Erec y Enide y a su coronación, lo que aporta realismo al mundo artúrico y da coherencia a sus leyendas. Sin embargo, salvo en el caso de Gauvain y de Keu, estos caballeros apenas participan en la acción.

Arturo y Ginebra son la referencia y el apoyo de Erec en todo momento: Ydier tiene que entregarse prisionero a la reina y Enide también se encomienda a esta última cuando Cadoc de Cabruel es enviado a la corte de Arturo. Finalmente, Arturo celebra la boda y la coronación de los héroes. El rey y la reina son el centro de ese mundo: el centro de gravedad de los caballeros de la Tabla Redonda. Al rey no le gusta que estos se alejen de él durante demasiado tiempo; encuentra que la dimensión comunitaria de la corte es esencial.

# CLAVES DE LECTURA

## AMOR Y CABALLERÍA

La caballería es el conjunto de las reglas de comportamiento en vigor en la Edad Media, para uso de los señores. La noción de honor es extremadamente importante y está íntimamente vinculada con el cumplimiento de actos heroicos: solo la realización de gloriosas hazañas permite que los caballeros obtengan la reputación necesaria para que sus semejantes les respeten. En este sentido, hay que comprender esta voluntad constante que tienen los caballeros de partir a la aventura: estos últimos, muy a menudo, buscan confrontarse a cosas excepcionales para hacer valer su valentía en la corte.

En la literatura medieval, la caballería a menudo se alía con el amor y la cortesía —principalmente en las novelas corteses como *Erec y Enide*. La cortesía, que exalta el amor de forma sutil, codifica con sutileza las relaciones entre hombres y mujeres. Así, el servicio de una dama se considera indispensable para la perfección del caballero. Sin embargo, aquel que se deja alejar demasiado de las armas por culpa del amor es susceptible de ser culpado por este exceso.

Erec resulta ser un perfecto caballero cortés en la primera parte de la novela. Sin embargo, una vez se ha instalado en sus tierras con su esposa, pasa mucho tiempo en la cama y renuncia a los torneos. Algunos lo acusan de cobarde y esto hace que Enide se lamente y se aflija, puesto que piensa que es la causante de este cambio.

Así, Erec, que debe reconquistar el honor mediante hazañas caballerescas, toma el peligroso camino de la aventura. Entonces, se le ve circular en espacios inquietantes: el bosque y la landa, por donde merodean bandidos y gigantes, los límites del reino, que no reconocen la autoridad de Arturo, o incluso territorios encantados. Sus adversarios ignoran la cortesía: así, los bandidos y el conde de Limors ven a Enide como una presa y la desean. Así pues, Erec debe enfrentarse a varios obstáculos y sus victorias vuelven a hacer de él un caballero valeroso.

## «UNA ESPLÉNDIDA ESTRUCTURA»

Chrétien califica a su novela de este modo (Redoli *et al.* 2007, v. 14), en contraposición con una tradición de compilación y de entrelazamiento de leyendas. Aunque la materia prima sea un tejido de leyendas celtas, la obra, en efecto, es una creación completa, coherente y estructurada, de la que podemos distinguir diferentes partes:

- la primera parte (llamada «primera pieza», haciendo referencia a la poesía lírica) narra la cacería del ciervo blanco y el idilio entre Erec y Enide. Se termina con el beso de Arturo;
- la segunda repite el tema de la conquista de Enide en un mundo más sombrío. El valor del caballero se pone en duda y rebela su proeza tras siete pruebas: los tres caballeros bandidos, los cinco caballeros bandidos (estas dos primeras pruebas no son más que simples combates, en los que solamente resulta inquietante el número de bandidos), el conde de Galoain (enfrentamiento de Erec

con un grupo de hombres), Guivrete el Pequeño (enfrentamiento con un valeroso caballero que resulta ser un amigo), los dos gigantes (confrontación con la fuerza bruta), la «muerte» de Erec y el matrimonio forzado de Enide (Erec se codea con la muerte; a ojos de su entorno, muere, por lo que su despertar se parece a una resurrección; el amor de Enide se pone a prueba), la «Alegría de la Corte» (Erec se arriesga de nuevo a morir; lucha contra encantamientos y acaba con ellos, haciendo que todos se alegren).

Es preciso constatar la progresión de la dificultad y del alcance simbólico de las pruebas. El combate contra Guivrete el Pequeño, cuyas fuerzas son casi iguales a las de Erec, ocupa la parte central.

Asimismo, el autor alía de forma sutil la tradición celta con la que alimenta su imaginación y la tradición cortés, propia de su época. Así, no elige los nombres propios al azar, como muestra el ejemplo de la «Alegría de la Corte», que quizás juega con la homofonía de *corn* («cuerno»), instrumento celta, y cort («corte»), mundo recuperado tras la reconquista de Erec. Este nombre también subraya la importancia de la alegría en la novela: la alegría amorosa tiene que someterse a las reglas de la corte, donde se expresa durante muchas celebraciones.

## UNA ESCRITURA ORIGINAL

Si Chrétien de Troyes es un gran novelista es porque su estilo, por un lado, deriva de las reglas de escritura en vigor en esa época pero, por otro, revela una personalidad estética marcada por la agilidad, el humor y la poesía.

Como ejemplo de las reglas de escritura recomendadas en la época y que el autor respeta, cabe citar el retrato de Enide, conforme a los cánones de la lírica de los trovadores: elogio superlativo de una joven que encarna todas las perfecciones, comporta una introducción, una enumeración de los atributos del rostro y una conclusión. Además, el lector está acostumbrado a encontrar, tanto de la mano de los trovadores como de las novelas con temas antiguos, descripciones de objetos de arte o de atuendos caracterizados por una perfección general que siguen un esquema preciso, impuesto por la retórica latina. Así, el vestido tornasolado de Erec se describe, nos dice Chrétien de Troyes, según los preceptos de Macrobio, filólogo y gramático del siglo IV.

La agilidad del tono, facilitada por el octosílabo (verso de ocho sílabas), se ve reforzada por guiños frecuentes al lector. Así, cuando llega al décimo elemento de una lista, el autor dice: «El nombre de los otros os diré/ sin orden, pues, si no, me cansaré» (Redoli *et al.* 2007, vv. 1691-1692)». Retrasar el momento en el que se desvelan los nombres propios es otra de estos pícaros recursos. Finalmente, no se priva de hacer muchas alusiones atrevidas: por ejemplo, los esposos «recuperan el tiempo perdido»[1] durante la noche de bodas.

La variación del ritmo y del punto de vista narrativo contribuye igualmente a la agilidad del estilo. El tiempo pasa lento en Carrant, pero se acelera en el bosque, y tan pronto adoptamos la mirada de Erec como la de Enide, o incluso a

---

1. Cita traducida por ResumenExpress.com

veces la del autor.

La poesía, por su parte, se expresa mediante las cadencias y los sonidos (*cf.* Asonancia en [o] en los versos 6433-6434: «porque de ello ya estáis bien informados,/ por cuanto, previamente, os lo he contado»), así como también a través de las imágenes («Enide con su prima viene ahora,/ es más bella que Elena fuera otrora,/ y más noble y afable es la doncella» Redoli *et al.* 2007, vv. 6295-6297).

## LOS ELEMENTOS DE MISTERIO

Los elementos de misterio en la novela provienen del cruce entre realismo y fantasía.

Por un lado, las descripciones de las ciudades, de las costumbres y de las fiestas son realistas, y la fantasía celta ha perdido una parte de su poder en este universo cristiano y cortés: por ejemplo, el «ciervo blanco» ya no es un mensajero del otro mundo como lo era en las leyendas celtas, y Morgana apenas utiliza la magia. Pero cabe destacar que la «Alegría de la Corte» transcurre, sin embargo, en un vergel rodeado de un infranqueable «cerc[o] de aire» (Redoli *et al.* 2007, vv. 5692-5693) y que el forro del vestido de Erec está hecho de los animales inverosímiles a los que llama «*barbiolettes*».

Por otro lado, hay numerosas señales que se tienen que descifrar, como el leopardo que adorna el tapiz sobre el que Erec recibe sus armas (Redoli *et al.* 2007, 331) y se encuentra a los pies de los tronos de Erec y Enide (Redoli *et al.* 2007, 56). El apogeo del misterio llega con el vestido tornasolado que lleva Erec en la coronación: confeccionado por cuatro hadas, se puede ver en él la Geometría, la Aritmética, la Música y la Astronomía.

# PISTAS PARA LA REFLEXIÓN

## ALGUNAS PREGUNTAS PARA PROFUNDIZAR EN SU REFLEXIÓN...

- *Erec y Enide* hace muchas referencias a la corte y a los códigos que la rigen. Enumere las principales apariciones de este tema y el papel que desempeña en la obra.
- En esta novela, la palabra «alegría» se emplea a menudo en acepciones y contextos a veces bastante alejados. Mencione los principales usos del término y estudie el significado que se le puede dar a este motivo en la obra.
- ¿Cree que esta novela tiene más elementos en común con una novela de amor o de aventuras? Justifique su respuesta.
- ¿Qué lugar ocupan el realismo y la fantasía en esta novela?
- En *Erec y Enide*, el autor a menudo interviene utilizando la primera persona del singular. Para el lector, ¿qué efectos tienen estas intervenciones?
- ¿De qué modo la forma en verso le confiere un tono y un estilo particular al relato? En su opinión, ¿una traducción en prosa tendría las mismas cualidades que una traducción en verso? Justifique su respuesta.
- En su opinión, ¿esta novela presenta una visión optimista o pesimista de la pareja y de la relación amorosa?
- La época de Chrétien de Troyes es un momento de transición en el ámbito de las artes. ¿En qué medida la tradición literaria (cantar de gesta, novelas antiguas, novelas de Tristán, retórica latina) es sensible en *Erec y Enide*?

# PARA IR MÁS ALLÁ

## EDICIÓN DE REFERENCIA


- Redoli, Ricardo, Miguel Ángel García, Manuel Marcos y Ángeles García. 2007. *Érec et Énide de Chrétien de Troyes. Edición crítica, estudio y traducción*. Almería: Editorial Universidad de Almería.


## ESTUDIO DE REFERENCIA


- de Troyes, Chrétien. 2005. *Romans*. Traducido por Jean-Marie Fritz. París: Le Livre de Poche, colección *La Pochotèque*.

# ResumenExpress.com



## Muchas más guías para descubrir tu pasión por la literatura

www.resumenexpress.com

www.resumenexpress.com

ISBN ebook: 9782806283832

ISBN papel: 9782806291578

Depósito legal: D/2016/12603/891

Cubierta: © Primento

*Libro realizado por* Primento, *el socio digital de los editores*